KB260883

박은석 시집

봉숭아 꽃물

朴恩錫 詩集

봉숭아 꽃물

지구문학

봉숭아 꽃물을 펼치면서……

그 시대

그 터에서

많지도, 그렇다고 적지도 않은 사물들은

흙 둔덕에 옹기종기 둘러앉아

은하수의 무지개빛 그림자 넘실거리는

서로의 얼굴들을 눈망울로 혀끝으로 마음으로 사박사
박 핥아가며

한 몸임을 깨달았고,

그러다 보면 언제 헤어지더라도 다른 인연으로 또 엮일
것이라 확신했는데,

그래서

이별도, 사별도

웃음기 먹은 얼굴로 마주하며

그리움 또한 희망의 고리를 엮어 매달곤 했는데…….

머언 옛날에는 그랬다고 역사의 손을 탄 바람결에 전해 들었다.

하지만

지금은 지금이다.

단 하루 전과도 닮음이 희미한 지금 현재이다.

인연의 주물은 더욱 복잡하고, 삶의 기지개 펄 공간은 한없이 확장됐다.

그런데도 낯선 사물들은

손쉽게 인연처럼 다가와 당연한 듯 인연처럼 맺어진 듯하다가

툴툴 엉덩이에 묻은 검은 재 털 듯하곤 무표정만 차가운 선물로 남긴 채 떠가곤 한다.

이런 '지금' 에 맘에 드는 사람을 만난다는 일은 기쁨이다.

인연다운 인연을 짓는다는 일은 더욱 귀한 일이다.

복터진 자에게만 가능한 일들일 뿐이다.

하지만

마음에 웬만큼 드는 글,

글 속에 배인 마음씨를 대충 읽어내는 일만 해도

그리 쉽사리 얻어질 수 있는 행운은 아니다.

'文心一體'

글과 마음 하나 되어 어우러지면 더할 나위 없지만

글은 있어도 마음은 둥둥 떠돌고, 마음은 있어도 글은 언저릴 겉돌고 있거나 하기 십상이다.

사람마다 취향이 다르지만, 내겐 글보다는 마음이 더 소중하다.

글이야 방짜주발처럼 잘 닦으면 광나지만 마음이야 평생 닦아도 얼룩이 가시질 않는 걸 삼척동자라도 안다.

소박한 마음이다.

선택한 주제가 툇마루에 차려놓은 시골 밥상의 반찬종지들 같다.

영광의 굴비두름, 두물머리, 첫눈, 가을의 길목에서, 겨울 스케치…….

그러면서도

소박한 마음 뒤켠에 접어두었던 삶의 아픔, 시대의 상처들을 흉측하지 않게, 덧나지 않도록 맑은 핏물로 씻어 흘려 보낸다.

새벽, 봉숭아 꽃물, 도라산역, 쌍굴다리…….

또한 역사의 힘(?)을 훔쳐

시간을 넘나들고 공간을 훨훨 날며,

지금으로부터의 자유를 구가하려 한다.

구다라의 눈물, 가야 패총, 현해탄을 건너며, 천상의
꿈…….

하지만
늘 변함없는 것,
그 옛날이나 지금이나 앞으로나
다소 큰(?) 사람들에겐 몰라도, 우리처럼 작은 사람들
모두에게 소중한 것,
그것은 갖은 사랑 아닌가.
시인에게 그 사랑은 그리움으로 피어
대모산을 오르며, 동해, 고향, 어머니, 노을 등으로 우리
에게 맘 편히 다가왔다.

어느 날 강마을 사공집 마당에 널려진 조약돌 같은 시들
이 박혀 있는 원고가 던져졌다.
시인은 서문을 부탁한다고 했다.
놀라움이다. 겸연쩍은 일이다. 거퍼 거퍼 손사래를 쳤
다.
지구문학작가회의 회장이라는 직책 때문에 막무가내
거절할 수 없는 예의 때문에 그만 수용당했다.
그리고
한 글 한 글 읽어가며, 빙긋거리며 웃고, 가벼운 한숨 내

뱉으며, 마음이 편해지기도 하며,

또 그러다가 놀랄만한 표현력에 감탄해 가면서 한나절을 흘려보냈다.

그 다음,

마음 가는 대로 이렇듯 글을 쓰고 있다.

좋은 글임을 느낀다.

기교가 뛰어난 미려한 글이거나 거창한 의미와 선언을 가장한 훌륭하다는 글과는 거리가 다소 있지만, 따사하면서도 시원시원한, 슬픔이 배였지만 恨에 집착하지는 않은, 일상의 삶을 진지하게 살아가는 이들이 마음을 어떤 곳에 데리고 가 맴돌고 있는가를 알려주는 글이다.

소박한 '文心一體'의 한 모습이 보인다.

시인의 성품이나 작품세계를 잘 알지는 못하였지만 이제야 조금쯤 알아가는 것 같다.

기쁨이다.

소박한 '지금'의 기쁨이다.

여름 마지막 날 '間'에서

지구문학작가회의 회장 無間 尹明喆

1부 _ 봉숭아 꽃물

2부 _ 도라산역

3부 _ 인연

4부 _ 청보리밭 사금파리

5부 _ 어머니

6부 _ 꽃봉오리

1부

봉숭아 꽃물

봉숭아 꽃물

나와 내 여동생은

핏빛 봉숭아 꽃을 곱게 찧고

남동생이 씨앗 봉오리를 터트리면

어머니는 고개를 돌리시며

"너희들은 光州民主化 道廳廣場에

그 핏빛 총탄 무섭지도 안했니"

구다라의 눈물

역사 속에

영겁의 세월로 떨어져 나간 흔적이

식어 버린 눈물을 삼키고 있다

민족의 뿌리를 내린 가슴

처절한 용틀임을 하는 구다라여

아직도 가야 할 길이 남아 있는 듯

천년이 지나 수 억년

구다라를 지켜야 할 주문처럼

아스카 한복판을

날고 있다

*구다라 : 옛 백제를 일컫는 말. 백제(큰 나라)

우주의 슬픈 강

머나먼 우주 공간에
나를 밀어내는 슬픈 강

둔탁한 가슴을 치며
나는 둥둥 어디론가 떠내려가고 있다

그림자처럼 따라다니는 우울함이
어디쯤 가서 멈출 것인가

울음으로도 어쩌지 못하는
끝없이 흘러가야만 할

내 우주의 슬픈 강

돌할매

돌 한가운데 박힌 白馬 무늬

한 쌍의 원앙이다

돌할매 손에 이끌려 박제된

세상 열리는 사연들

아라리 노랫가락에 떠밀려

구슬픈 소쩍새 울음소리 영락없다

언제까지

이렇게 귀울음으로 장단 맞출 것인가

*돌할매 : 돌무늬를 採列하는 할머니

옛 가야국에서

가야국 바람은 古書를 넘기는가

바람결에
여기저기 퇴적된 사금파리가
눈을 뜬다

가슴 뜨거운 그리움의 날갯짓
오래도록 잊지 않을 벅찬 숨결

마을 여인 치맛자락에
옛 꿈 스며들어
기다림 속에 침묵 소리 퍼진다

머나먼 日本까지 문물이 넘어갔다니
가슴 벅찬 미소가
물길로 흐르는구나

가야 패총

지난날이 오늘과 함께 달리는 맥박
문득 나의 심장은 가야인이 된다

가야인과 함께 손잡고
숨막히는 바다 속을 거닐었다

땅 속에 수 천년의 세월을 묻어 놓은
가야인 흔적이 물안경에 부풀었다

조각 토기마다 빼곡히 박혀 있는
구름 조각들이 눈 깜짝할 사이에
가야국 하늘로 열린다

바람이 갇힌 곳에
겹쳐진 시간들이
걸어 나올 것만 같은 아득한 신비로운 수평선

나는 가야국 언덕길 위에서
가야인으로 살고 있었다

석모도

구름 한 쪽을
찻잔에 넣어
바다를 마신다

퍼드덕
갈매기 날개에
바다 향기가 난다

쪽빛 파도
넘실대는 바다 풍경

흐려졌던 머리 속이
수평선으로 열린다

바다를 가슴에 담고
내 몸은 구름처럼 나니 들떠도 좋다

*석모도 : 강화도에 있는 섬

법성포에서

오월 끝자락에서
조기 떼 같은 물빛 파닥임에 가슴이 설렌다

심장 소리가 물길 따라 뛰면
가없는 수평선에서 은비늘로 번쩍거린다

가물거리는 추억 속에
지금은 조기 떼가 사라졌다고
법성포 바닷바람 한 자락
조용히 나에게 귀띔하고 달아난다

그것은 인간이 저지른 환경파괴라고

아득한 푸르름 속에
다독이는 환경친화
끝없는 후회 속에
머물다 가는 법성포

지금은 영광 굴비 속어들이
바닷가 조개껍질로 뒹굴고 있다

*법성포 : 전남 영광군에 있는 포구

亭子에 앉아

三伏 더위 컥컥 막히는 뙤약볕에 몰려

가다가 亭子에 앉으면

얼음골 通風이라

나락이 한참 익어갈 무렵

뭉클한 흙냄새 그리워라

亭子 옆에 당산나무 아래

길손 낮잠 들면 天堂이라

天下를 모르네

두물머리

남한강과 북한강이 한 몸 되어 뒹굴다
사랑으로 어우러져 쉬어가네

수많은 흔적을 남겨 놓은 채
춤을 추고 있는 아리수

누군가와 둥지를 틀 수 있다면…

*두물머리 : 양수리 소재

2부

도라산역

도라산역

나비는 수시로 넘나드는데
사람은 왜 못 넘을까

아지랑이 일렁이는 철로 위에서
남북 사람들은 울어야만 하나

도라산역이 봇물로 터져서
기적소리 들릴 날이 언제쯤일까

쌍굴다리 · 1

美軍 기관총 실탄 자국이 즐비하다
온 몸에 전율이 인다

네 편인지 내 편인지 알 수 없어
사정없이 비행기 기관총으로
무참히 갈겨댔다 한다

순간 쌍굴다리 일대는 피바다로 물들고
시체는 산더미로 쌓였다 한다

나는 가슴이 떨려서
그만 눈을 감아 버렸다

쌍굴다리 · 2

쌍굴다리의 하늘은 나날로 푸르러만 가는데
아직도 美軍 銃彈에 죽은 원혼 울음은
언제쯤 그치려는지

쌍굴다리 콘크리트 벽에
銃彈 흔적은 언제나 없어지려는지

어린이를 업은 어머니가 쓰러지고
할아버지 할머니가 넘어지고
그때의 피바다는 차마 생각할 수조차 없어라

어찌하여 이런 슬픔이 일어났던가
美軍은 한국을 지키려 왔는데……

대모산을 오르며

하늘이 몹시 푸르른 날
우리 가족은 사슴무리처럼
대모산을 올랐다

남편은 맨 뒤에서 사슴 떼를 몰고
큰아들 은총은 내 손 잡고 올랐다

둘째아들 기범은
사슴 새끼 되어 제일 먼저 산에 올라
진달래 꽃잎을 따먹고 있었다

동해

동해로 나들이 떠난 우리 가족

둘째 기범은 차창 밖으로 환호를 보내고
큰아들 은총이는 벌써 졸음에 흔들린다

동해에 이르자
푸른 바다에 맨 먼저 큰아들 은총이 뛰어들었다
성난 파도를 가슴으로 가르며

남편은 늙은 사슴 되어
백사장에 누워서 살을 태우고

나는 썬크림을 바르며
파라솔 아래서 새끼들 옷을 지키고 있었다

초가집

— 未堂 生家

질마재 고개 너머로

애틋한 사랑이 손짓을 한다

군불 지피는 흙바람 마시며

마루에 앉아 시향에 취해 본다

"…어매는 달을 두고 풋살구가

꼭 하나만 먹고 싶다 하였으나…"?

제부도에서

흙빛이 물든 바람소리와 함께
바다 이야기에 내 몸을 맡긴다

뒹구는 조개껍질 묶어
꿈결 같은 파도소리 들려주고

바닷길 중심에 서서
시간을 멈추게 할 수 있다면

보랏빛 물들여 미지의 세상으로 떠나고 싶다

압천에서

압천 물길은

詩人 정지용을 낳았는가

내 가슴 단번에

그 물길로 열린다

잡을 수 없는 바람결

지용의 詩魂 스쳐 지나갈 때

내 마음 놓고 싶어라

*압천 : 일본 교토를 가로질러 흐르는 강

시인의 나라

흩날리는 가을비에
둥그런 산들이
내 속에 명당으로 들어앉는다

역사의 틈 사이로
민족정기 풍기며
시인을 지키는 천년 소나무

등 뒤로 사라져가는
아득한 詩의 나라

나는 어느 사이
민족정기에 물들고 있었다

현해탄을 건너며

검붉은 날치 사이로
여명이 일어서는 아침바다

波濤 따라 흔들리는
고독한 영혼들의 비명소리

몸부림치며 눈물바다에 드리워진
세월이 키워낸 외로움

아침 태양은 再起의 용강로로
불 달았다

동강을 지나면서

황금빛 물감을 풀어 놓은 가을 단풍은
한결 쓸쓸하고

굽이굽이 자유롭게 떠도는 물빛은
神의 面鏡이다

평화로움이 만나는 곳
노저어 미로 속 강물에
흠뻑 빠져도 좋을 듯하다

빈 교실

교문 울타리 포플러 나무 하늘을 찌르고
운동장은 초세밭으로 파도만 친다

부서진 유리창에 바람은 갈기갈기 찢기고
칠판은 엎어져 잠이 들어 있다

철이의 목청은 간 곳이 없고
바람소리 물소리만
나를 눈물 나게 한다

침묵의 농다리

바람의 거센 지문들이
허공에 불어

파닥거리는 수많은 심장을 움켜쥐고
시간 속 걸음걸이를 재촉한다

푸른 하늘이 내려와
농다리에 쌓여가고

그 옆에
잠자리 한 마리 조각처럼 붙어 있다

*농다리 : 충청북도 진천군 문백면 구곡리에 있는 다리

3부

인연

因緣

詩를 애인으로 알게 된 환상의 나라

무수히 허우적거리는 너와 나

짜릿한 희열 때문인가

한 자락 바람

— 노무현 전 대통령 서거

삶과 죽음의 사이는 한 자락 바람

찰나를 살아내는 내 가슴에
멍자국 남기고 떠나가는 바람

너무도 힘겨웠던 지난날은
봉화산 부엉이바위 아래 잠들고

한 조각 바람 되어 훨훨
짧은 生의 설움에 눈물만 흐르네

홀리가든

끝없는 세상

하늘 문 열어

바람길 따라 사랑의 천사들이

꿈길로 아득히 빠져드는 정원

슬픈 상처에 뜨겁게 불단 마음

하늘로 나는 황홀한 혼불인가

*홀리가든 : 거룩한 정원

그 남자의 서재

빛바랜 흔적이 신음소리를 풀어
은밀한 내통을 하는 古書들

시간을 밀치고 건너며 바람 끝에 冊張이 넘겨지다
가슴 두근대며 책갈피를 들추니

아찔한 순간들로 숨 멎을 듯
속절없이 펄럭이는 바람난 책장들 그 남자의 서재

노을

노을이 물든 지평선 끝자락에
아스라한 붉은 숨결이
내 심장으로 열린다

나는 들녘에
자리잡고 앉아

지난 날
철이와 함께 물들었던 연분홍 모습에

둘이 불렀던 노래가
지금은 노을빛으로 출렁인다

천상의 꿈

세상 중심 한 자락에서
太陽 한 조각 떼 내어
꿈의 세상을 다시 창조할 수 있다면

나 구름 속에 숨어 지내는
경이로운 공간 위에
흰 구름 한 장으로 날고 싶다

문득
눈부신 흰 구름 속에서
한 마리 金鳥가 되어 꿈의 세상을 날고 싶다

太極扇

대숲 유혹이 시작되는 시간

쾌적한 바람결에 가슴이 열리고

연달아 찾아와

소리 없이 지나가는

무더운 여름

太極扇의 사랑 보이지 않네

메타세쿼이아 숨결

차창으로 보는 유리벽 터널

봄에는 아름다운 새싹 터널

여름에는 녹색 유리벽 터널

가을에는 낙엽으로 얼룩진 유리벽 터널

겨울에는 雪花로 뚫리는 유리벽 터널

나는 메타세쿼이아 터널을 달릴 때가 제일 신난다

*메타세쿼이아 : 전남 담양군에 있는 가로수길

고향

어머니의 품속 같은 둥주리
나의 부화장
생각하면 뭉클한 그리움이
글썽이는 곳

과수원

과수원이 온통 보랏빛 물방울 꽃바다

보랏빛 물방울은 내 얼굴이 비치는 거울

나 살던 마을에
동글동글 사과가 망울지면
행여 햇볕에 그을릴까 종이로 싸매주고
美人으로 가꾼다

새벽

어둠을 태우는 별빛 속에
무엇이 타고 있는가

여명의 언저리마다
수없이 쏟아져 내릴 것 같은 샛별

새벽 달빛 가슴에 안고
지난날의 아픔을 삭일 수가 있다면

나 말없이
마음 던지고 싶어라

4부

청보리밭 사금파리

청보리밭 사금파리

사금파리에 눈부신 햇살이
아픔의 줄포기를 뽑는다

흔들림 없이 참아온 햇살이
보리밭에 소리 없는 비명을 구겨 넣으면

머릿속을 뛰어다니던 重心이
또 다시 지축을 흔들 때

까마득한 추억은
빛깔을 여는
보리밭 속잎에 눈 시린 金線

손을 흔드는 가로수

그대 떠난 뒷모습이
빗소리로 다가온다

나도 가로수가 되어
옷을 젖는다

그대는 뛰어오는 回轉木馬가 된 듯 싶어
나는 쓸데없는 생각 짧은 치마가
머릿속을 스쳐간다

손을 흔드는 가로수 빗날 말발굽 소리에
내 머리카락이 휘날린다

봄

스산한 설렘

시간을 기다리는 꽃망울
햇살에 걸려 있는 生命力을
만지작거린다

봄빛으로
꽃잎에 파고드는 세계를
온 몸 열어 떠받치며
환한 웃음으로 달려와
꽃봉오리마다 美色의 화려한 時間으로 열린다

초봄의 햇빛

초록빛이 종일토록 이파리에 내리더니
엽록소가 묻어나는 生의 무게
바람결에 날려 보내는가

이 부푼 마음 공연스레 눈시울이 뜨거워진다

봄기운

그리움으로 환생하는 새악시의 숨결

햇살 가득 토해내는 생명력

흩날리는 벚꽃들 사이로 나부끼는

세상 구경 나온 미소

변신의 화려한 춤을 춘다

6월의 햇살

푸르름이 종일토록
잎사귀에 문신을 刻印하며
나래를 편다

탁본하듯 묻어나는
삶의 무게에 가쁜 숨결

7, 8월의 따가운 햇살이
벌써부터 쏟아지고 있는가

비 내리는 호수

하늘빛 호수에

빗방울이 튀어

연푸른 실바람을 연주한다

비 내리는 호수는

물결 따라

은쟁반에 옥구슬 굴리고

쏟아지는 빗줄기에

이윽고

호수도 밤새 자장가를 불렀나 보다

비에 젖는 나룻배

나룻배 한 척
바람과 함께
흔들리고 있다

잔물결도
잠 못 들어 하는 걸 보니
힘들게 여러 날을 보냈는지
세차게 몸부림친다

쏟아지는 빗줄기에
호수는 밤새
울고만 있구나

빗소리에 젖어
눈물 한 조각
흐르는 물살에 띄운다

초여름 밤

그와 나는 행성이 되어
잔디밭에 나란히 앉아

우주인의 사랑처럼 속삭인다

늘 세레나데로
잠시 흔적을 남긴다

우리는 초여름 밤 우주인이 되어
머언 세계와 연락을 해 본다

초여름 밤

매미 울음

여름에만 나누는 슬픈 운명의 사랑

그 사랑 그리워 밤을 새워 우는가

간덩이 꺼내어 바위를 녹이는 아픔

온갖 숲이 한 데 어우러져 흐느끼는가

가을 길목에서

세월에 묻혀 흘러가다 보면
밟히는 낙엽 한 장

햇살 부추기면
겹겹 쌓아 놓은 마음 속 반란들이
길을 찾아 헤맨다

순환의 굴레에서
떠밀린 낙엽은
아쉬운 哀愁로 쌓인다

가을

온갖 벌레 울음소리로
結實은 고개를 숙이고

하늘은 길을 찾아
푸르름으로 멀리 떠나고
스산해지는 마음

가을은 어디론가 떠나갈
준비로 바쁘다

첫눈

떨어지는
마지막 잎을
쫓아가는 바람 속에서

나비의 날개로 날아 앉아
꽃으로 피어

순간마다 파닥이는
즐거운 飛翔은

호흡이 멎도록 불러도
고목에서 봄을 비웃고 있는 눈꽃

겨울 스케치

보이지 않는 긴 끈으로
서로를 묶어놓고
한길로 가는 몸짓

운명에 이끌려
천년약속을 기다려 온
빗장을 풀어 던지고

깊은 業緣으로 이어져
다시 환생하길 바라며
손끝에 살며시 떨어뜨린 눈송이

겨울은

세상은 온통 울음빛 裸木들

화살은 모든 과녁에 꽂혀 흔들리고

겨울은 어쩐지 가슴을 후벼 파듯

저미어드는 아픔이네

5부

어머니

외할머니 가시던 날

외할머니의 장례식 날은
식구들 모두 슬픈 눈물바다였었지

막걸리 한 잔에 외할머니 장례식은 끝나고

댓돌 위에 외할머니 고무신
내 눈물은 모 심을 때 왈칵 쏟아지는 소나기

"은석아 오늘은 모 심는 날이다"

어디선가 산울림 같은 환청에
온 집안이 흔들린다

어머니

저무는 해어름에
어찌 내 눈시울이 뜨거워지는지

감자빛이
가슴팍에 안긴
내 어머니가 그립다

西山은 벌써 빛을 잃었는데
아직도 어머니의 모습은 보이지 않는다

친구

푸른 하늘보다 높은

꿈을 안은 친구들

이리 몰리고 저리 몰리고

바다 속처럼 파닥이는 魚族들

水深이 깊을수록 산호빛 우정

그 웃음소리

파닥이는 몸부림

校庭은 푸른 바다 속이었다

6부

꽃봉오리

꽃봉오리

오무린 붉은 입술에 머금은 아양

꽃잎마다 세월을 하나씩 넘기며

고봉으로 넘치는 정을 풀어

色의 끝을 물고 분주한 비밀을 열어

무지개 빛깔로 황홀경에 나부낀다

꽃봉오리

연꽃

사바 세상에
태양으로 피어나는 연꽃송이

연잎 한 장에 사랑 실어
강물에 띄우면

세월의 그림자 따라
더욱 밝아지는 빛깔

가슴 속에 갇힌 소리를 열어젖히며
세상 길을 닦는다

꽃창포

개천 사이에서
뽐내는 우아한 자태

보랏빛 꽃잎 당당한 미모
바람이 불면 그윽한 향기 흐르고

내 사랑 알아주려나
그 거만한 미소

대나무

폭풍이 몰려와도 부러지지 않는 유연함

칸칸마다 딛고 일어서는 욕망

저 하늘 끝에 닿고 싶어하는 의지

평생을 홀로 딛고 일어서야 하는가

바람이 불면 스산해서 좋다

네잎클로버

고운 숨결 하얀 얼굴로
햇살을 당기는 눈부심

아침 이슬보다 영롱하다

내 숨결도
네잎클로버 꽃송이 같았으면

아카시아꽃

푸른 빛으로 빛나는 아카시아꽃

향기에 취해 말없이 바라보며

그리운 얼굴을 마냥 색칠해 본다

안개꽃

천상에서 내려온 하얀 안개

누구를 찾으러 둥둥 떠다니는가

갈 길을 찾지 못한 슬픈 걸음걸음

홀연히 달음질치며

산그늘 위에 가득히 피어나는 안개꽃

암흑 속에 떠도는 뻐꾹새 뻐꾹꾹

뻐꾹새처럼 내 마음 안개꽃으로 피고 싶다

안개꽃

패랭이꽃

빗소리의 거친 숨결이
산허리를 휘감으면
보랏빛 꽃잎이 눈을 뜨고
정갈한 잎새로 물든다
산자락에 가득 찬
고통의 흔적들을 지워 나가는
꽃의 숨결 위로
살머시 눈 감은 영혼이
하늘을 향해 연주하면
지천으로 깔린 꽃들이
세레나데로 일어선다
나도 맑은 꽃잎 속에
마냥 머물고 싶다

朴恩錫 詩 역사의식과 레토릭
— 첫시집 《봉숭아 꽃물》 評說

李秀和
한국문협 · 한국펜 명예부이사장

〈1〉

박은석 시(朴恩錫 시인의 詩)는 역사의식(歷史意識, historical sense)을 구현한다.

나와 내 여동생은
핏빛 봉숭아 꽃을 곱게 찧고

남동생이 씨앗 봉오리를 터트리면

어머니는 고개를 돌리시며
"너희들은 光州民主化 道廳廣場에
그 핏빛 총탄 무섭지도 안했니"

—하신다는 것이다. 朴恩錫 詩 〈봉숭아 꽃물〉 전문全文이다. 처연悽然하게 아름답다.

T.S.엘리어트식으로 말해, 과거의 과거성過去性과 현재성을 골수骨髓에 박힌 핏빛 총탄처럼 인식하고 있는 시적 주체의 '역사의식'의 육화인 것이다. 광주민주화 현장의 역사적 사실(事實, fact)을 '핏빛 총탄'을 '봉숭아 꽃물'로 동일시하는 어머니, 즉 객관적客觀的 상관물군相關物群의 중층 이미저리(重層心像)에 의거해 시인은 역사의식 포에지로써 극명하게 환기喚起시켜 주고 있는 것이다. 어머니의 자녀들에 대한 아름다운 염려의 감정(시적 주체의 독자에 대한 그러한 메시지)을 예술(詩) 형식으로 표현하는 최상의 방법, 즉 객관적 상관물(objective correlative) 기법의 뛰어난 실천인 셈이다. 해서 朴恩錫 詩 〈봉숭아 꽃물〉은, 봉숭아 꽃물(들이기) 자체의 전통의식도 아름답지만, 그 상징적인 역사(의식)적 인식 결함(자녀들이 행여 광주민주화의 역사적 사실을 망각한다거나, 혹여 모르고 있지나 않을지)을 경계하는 어머니의 사려 깊은 모성애, 그것은 너무나도 처연하게 아름다운 포에지[詩精神]의 소산인 것이다.

역사의식에 대한 이와 같은 시인의 인식은 시에 대한 朴恩錫의 어프로치를 드러내주며, 또한 인간의 삶에 대한 시인의 태도를 정립한다. 시를 창작한다 함은 역사의식과 전통(이것은 역사의식을 포괄함)을 인식하는 것이며, 그럴수록 그의 시는 처연한 아름다움을 수반하게 되는 것이다. 인간의 역사는 바퀴벌레보다도 턱없이 짧지만, 그 미물을 발로 밟아온 인문학의 역사이고, 또한 인간이 인간을 '핏빛 총탄'으로 밟아온 역사이기도 하기 때문이다.

이 '처연한 역사의식의 핵'이 바로 朴恩錫 詩의 원핵이다. 이 원핵으로서의 역사의식을 포괄하는 전통정신의 구현이야말로 그의 시정신[포에지]의 알파와 오메가일 터이다.

〈2〉

이 朴恩錫 제1시집《봉숭아 꽃물》(2009, 지구문학사 刊行)에는 앞서 집중해 언급한 텍스트〈봉숭아 꽃물〉과 같은 뛰어난 역사의식 구현의 수일한 작품들이 주축을 이룬다.

제1부 10편 중에는 시집의 메타 텍스트로 손색이 없는〈봉숭아 꽃물〉을 비롯해 〈구다라의 눈물〉, 〈우주의 슬픈 강〉, 〈돌할매〉, 〈옛 가야국에서〉, 〈가야 패총〉, 〈석모도〉 등 역작들이 첫 부에 다 모였다. 제2부엔 〈도라산역〉, 〈쌍굴다리〉 등의 문제작을 위시한 12편이 편성됐고, 제3부는 〈인연〉, 〈노을〉 등 11편, 제4부에는 〈매미 울음〉 등 15편, 제5부에는 〈외할머니 가시던 날〉 등 3편, 제6부엔 〈대나무〉 외 7편 등 총 58편이 포진해 있다.

시집 한 권에 60편 내외의 수록량이 평균적인 시집 분량이고 보면 朴恩錫 詩의 이제까지의 시정신의 반영물로서도 매우 적정한 조처로 보인다. 이제 앞서 운을 뗀 朴恩錫

詩의 역사의식(전통정신에 내포된 개념) 포에지 육화肉化
작업 텍스트群에 대한 작품별 세부를 심층적으로 살펴보
아야 하겠다.

역사 속에
영겁의 세월로 떨어져 나간 흔적이
식어 버린 눈물을 삼키고 있다

민족의 뿌리를 내린 가슴
처절한 용틀임을 하는 구다라여

아직도 가야 할 길이 남아 있는 듯
천년이 지나 수 억년
구다라를 지켜야 할 주문처럼

아스카 한복판을
날고 있다

— 〈구다라의 눈물〉 全文

—이다. 텍스트 말미에 '구다라' 가 옛 백제를 일컫는 명
칭임을 밝힌 주석이 있으니, 시의 메타 텍스트는 〈백제의
눈물〉일 터이다. 그리고 시 후말 두 행은 이 텍스트의 주
제를 객관화하는 주요 결구結句인데 여기에 '아스카' 라는
고유명사가 있다. 이것을 간과하면 텍스트感은 반감되고

말기 때문에 선구先究한 뒤 시를 살피기로 한다. 아스카(飛鳥)는 일본의 스이코(推古) 텐노(天皇) 치세(AD. 593~628)를 중심으로 한 그 전후의 시기에, 지역적으로는 지금의 나라(奈良) 부근에 있던 '불교문화시대' 명칭이다. 이 시기, 이 지역에서 일본은 당시 율령제律令制 국가 형성의 격동기였으나 한반도의 백제(구다라) 불교문화가 도입되는 등 이른바 아스카시대(飛鳥時代) 문화가 꽃피었던 것이다. 이러한 그 "아스카 한복판을/ (구다라의 눈물은) 날고 있다"(후말연)는 朴恩錫 詩 〈구다라의 눈물〉은 평설자가 서장에서 말한 〈봉숭아 꽃물〉에 비견될 역사의식 포에지의 뛰어난 육화물이 아닌가 한다.

특히 〈봉숭아 꽃물〉은 한반도 역사의 한 시공時空이 시인의 뛰어난 통찰로 취택된 객관적 상관물로 육화되었다면, 여기 〈구다라의 눈물〉에는 구다라, 아스카와 같은 역사적 팩트가 객관적 상관물로 제시돼 시적 공간에서 제 역할을 다함으로써 우리의 멸망한 민족왕조에 대한 비장한 정서를 즉각적으로 환기시켜 주고 있다. 시인의 역사에 대한 이러한 폭 넓은 공간적 자질(또는 소재) 확장은 朴恩錫의 감각경험의 수일성秀逸性을 말해 주는 대목이기도 한 것이다. 뿐만 아니라, 저러한 멸망한 민족왕조의 문화유적에 대한 시인의 감각이 한낱 센티멘털리즘으로 유로되지 않고 과거의 과거성과 현재성을 균제된 어조로 육화시킬 수 있음은 朴恩錫 詩가 T.S. 엘리어트 주창의 '통합된 감수성 기법'을 뛰어나게 수행하고 있다는 반증일 터이다. 그것은 감각과 사고思考 또는 감정과 사상思想을 균형 있게 통합 (육화, 肉化)한 감수성의 세계(시, 예술)인 것이다. 이제 그 다양한 실천을 살펴 볼 대목이다. 텍스트 인용순으로 글의 진행상 해설자의 행두 넘버를 첨가한다.

　① 美軍 기관총 실탄 자국이 즐비하다
　　온 몸에 전율이 인다

　　네 편인지 내 편인지 알 수 없어
　　사정없이 비행기 기관총으로
　　무참히 갈겨댔다 한다

　　순간 쌍굴다리 일대는 피바다로 물들고
　　시체는 산더미로 쌓였다 한다

　　나는 가슴이 떨려서
　　그만 눈을 감아 버렸다

　② 외할머니 장례식 날은
　　식구들 모두 슬픈 눈물바다였었지

　　막걸리 한 잔에 외할머니 장례식은 끝나고

　　댓돌 위에 외할머니 고무신

내 눈물은 모 심을 때 왈칵 쏟아지는 소나기

"은석아 오늘은 모 심는 날이다"

어디선가 산울림 같은 환청에
온 집안이 흔들린다

③ 폭풍이 몰려와도 부러지지 않는 유연함
  칸칸마다 딛고 일어서는 욕망
  저 하늘 끝에 닿고 싶어하는 의지
  평생을 홀로 딛고 일어서야 하는가
  바람이 불면 스산해서 좋다

예시 ①은 〈쌍굴다리 · 2〉이고, ②는 〈외할머니 가시던 날〉, ③은 〈대나무〉이다.

예시 ①은 朴恩錫 詩의 역사의식 포에지의 육화작업이 그 표현기법에서 서술시 기법, 또는 관념형상화방법(ideogrammic method)으로 변화를 꾀한 경우로 보인다. 충북 영동에 있는 쌍굴다리가 6.25동란 때 민간인의 피난처였으나, 미군의 오폭으로 희생당한 비극적 사실을 제재로 하고 있다. 이 텍스트가 서술시 기법에 의탁하고 있다는 바는 저러한 역사적 팩트를 제재로 하였으되, 거기에 흥분망조하거나 격정적인 어조에 함몰하기 전에 시인의 일관된 역사의식 포에지를 견지한 방법상의 변화를 꾀한

결과이다. 즉 서술시 방법이란 팩트를 시적 주체의 감정이 틈입치 못하도록 객관적 서술로 일관한다. 더구나 역사적 팩트의 전언傳言 형식을 취하는 것이다. ②의 제2 스탠자와 제3 스탠자의 "갈겨댔다 한다"와 "쌓였다 한다"가 그것이다. 그리고 관념형상화방법의 차용이 아닌가도 생각되나, 이 시가 반미反美나 항미抗美의 관념색채를 띈 바가 추호도 보이지 않는 순수한 역사의식 포에지의 소산이므로 저러한 관념형상화방법은 여기서는 논외로 한다.

다음 예시②는 역사의식을 포괄하는 전통모색의 포에지 소산으로 보인다. 에즈라 파운드나 엘리어트의 전통론傳統論은 황폐화荒廢化된 현대문명을 구제할 길은 위대한 선조先祖의 지혜智慧에 대한 경건성敬虔性을 잊지 않아야 된다는 것이다. 이와 같은 파운드의 전통에 대한 경건성에 비해, 엘리어트의 전통은 역사의식을 내포한다. 이들의 이러한 인간의 삶의 질서와 가치야말로 현대문명과 문화의 거친 운명을 구제할 최선의 방법이란 것이다. 朴恩錫 詩의 포에지가 도달하고 있는 요체다. 예시②의 "은석아 오늘은 모 심는 날이다"(4연 1행)라는 환청이 시적 주체만 듣는 환청이 아닌 진정성의 전통모색으로 들리는 것은 비단 평설자만의 귀가 아니기를 믿어 의심치 않는다. 朴恩錫 詩의 역사의식 포에지의 미학 덕분일 터이다.

위와 같은 예시①과 ②가 朴恩錫 詩의 역사의식 포에지의 육화 방법상 두 가지 확연한 모습으로 발현됐거니와 예시③은 같은 포에지의 소산이지만 또 다른 표현기법에 닿아 있다. 같은 전통의식의 육화 방식이지만 ②는 우리 전통적 인간형인 선비자세를 은유기법에 실어 육화하고 있는 것이다. 대나무를 객관적 상관물로 하여 지금도 더 없이 바람직한 인간형에 대한 아름다운 헌사를 朴恩錫 詩는 경건하게 바치고 있는 것이다. 특히 후말행은 이 시대 임금 수레의 방울소리보다도 못한 여세추이의 무리들에겐 너무나 가슴 치는 고고한 선비정신, 그 표표飄飄하게도 아름다운 레토릭(修辭學)이 아닐 수 없겠다. 특히,

여름에만 나누는 슬픈 운명의 사랑
그 사랑 그리워 밤을 새워 우는가
간덩이 꺼내어 바위를 녹이는 아픔
온갖 숲이 한 데 어우러져 흐느끼는가

— 〈매미 울음〉 全文

—에 보이듯 이 시집 작품군에서 가장 아름다운 레토릭 (修辭學)은 제3행 "간덩이 꺼내어 바위를 녹이는 아픔"일 터이다. 이야말로 문학이 과학을 뛰어넘는다는 보편적 진리의 극적인 아름다움이다. 그 얼마나 간절한 사랑이기에 간덩이를 꺼내고, 또 그 간덩이가 바위를 녹인다는 말인가. 과학으로 이르면, 새빨간 거짓말에 불과한 저러한 사랑의 '감정' 과 그것을 표현하고자 하는 시인의 '정신' (포에지)이 통합된 감수성이 창출한 아름다운 수사학인 것이다. 다시 말해, 朴恩錫 詩가 역사의식(전통정신) 포에지에

만 매달리는 것이 아니라 저러한 리리시즘의 미학에도 탁월성을 담지하고 있다는 이야기인 것이다. 따라서 텍스트 〈매미 울음〉은 그의 시가 역사의식 포에지의 육화 일변도에 있는 것이 아니고 〈매미 울음〉으로 대표되는 서정시의 세계 또한 공유하고 있음을 잘 말해 주는 대표작이다. 매미 울음, 그 '사랑'이 어찌나 아름다우면 우주(온갖 숲)가 한데 어우러져 흐느낀단 말인가. 자, 그런데 이다지도 애절무비의 '사랑'도 '역사의식'도 결국은 우리를 죽음이라는 우주의 슬픈 강 건너로 밀어낸다는 것이다. 이쯤에서 朴恩錫 詩의 절정적絶頂的 경지를 음미하는 것으로 척박하게나마 이 평설글의 글마무리를 삼을까 한다.

머나먼 우주 공간에
나를 밀어내는 슬픈 강

둔탁한 가슴을 치며
나는 둥둥 어디론가 떠내려가고 있다

그림자처럼 따라다니는 우울함이
어디쯤 가서 멈출 것인가

울음으로도 어쩌지 못하는
끝없이 흘러가야만 할

내 우주의 슬픈 강

朴恩錫 詩는 이제 역사의식(전통사상)의 시와 리리시즘의 시를 통해 우리의 사랑과 역사적 팩트의 감각경험을 육화(형상화)하는 주된 작업을 거쳐 예시와 같은 인간의 일회적一回的 삶의 이후적以後的 사유思惟의 세계를 노래한다. 누구나 결국은, 감각경험으로는 인식할 수 없는 형이상학적 세계(죽음의 세계) 인식에 시인은 도달하고 있는 것이다. 그것은 우주적인 공간이고, 끝없이 흘러가야만 할 시간이다. 이 특유한 시인의 죽음의 정서는 지금까지 이 글에서 살펴온 일련의 시편詩篇들에 관통하고 있는 역사의식 포에지와도 무관치 않다. 朴恩錫 詩의 역사의식(전통사상)이 얼마나 삼엄하면 시인의 사후세계에까지 관통할 수 있겠는가. 이와 같은 그의 전통모색傳統模索 또는 역사의식歷史意識은 우리의 사후死後까지도 사유할 수 있는 지혜智慧와 경건성敬虔性을 담지케 하는 것이다.

朴恩錫 詩의 견고堅固한 시정신과 아름다운 미학적 언어 드라이빙(馭車)이 더욱 더 삼엄해지기를 빌어마지 않는다.

2009 初秋, 마포 삼개나루 樹堂軒에서

石蘭史 씀

시집을 마무리하면서

소나기 개인 어느 날 아침, 맑은 하늘에 詩꽃이 만발하였습니다. 그 꽃을 본 내 마음에 詩 씨알이 떨어졌습니다.
그 후, 설레는 가슴을 안고 수없이 몸부림하였습니다.
곁에서 지켜보던 남편이 내게 소망을 물었습니다.
나는 선뜻 詩人이 되는 것이 꿈이라고 하였습니다.

세월이 흘렀습니다. 자상하고 멋진 그이의 후원으로 드디어 첫 시집을 내게 되었습니다.
아직은 아름답고 깊은 詩語로 채우지는 못했지만, 나의 소중한 추억과 그 안에서 기도하는 마음으로 두 아들을 보면서《봉숭아 꽃물》로 묶어 문단에 선보입니다.

먼저, 시집을 내기까지 나를 지도해 주신 김정오 교수님께 감사드립니다. 변변치 않은 작품인데도 기꺼이 서문을 써주신 지구문학작가회의 윤명철 회장님, 해설을 맡아주신 이수화 선생님, 그리고 책으로 예쁘게 엮어주신 지구문학사에 깊이 감사드립니다.

2009년 초가을에

박은석

박은석 시집

봉숭아 꽃물

지은이 / 박은석
펴낸이 / 김정희
펴낸곳 / **지구문학**

110-122, 서울시 종로구 종로2가 39 뉴파고다빌딩 215호
전화 / (02)764-9679
팩스 / (02)764-7082

등록 / 제1-A2301호(1998. 3. 19)

초판발행일 / 2009년 9월 15일

ⓒ 2009 박은석 Printed in KOREA

값 7,000원

E-mail/jigumunhak@hanmail.net

※잘못된 책은 바꿔드립니다.
※저자와의 협약으로 인지는 생략합니다.

ISBN 978-89-89240-28-0 03810